書名頁

⊠⊠ 著

編輯 王離

獻辭

謝謝夏民、谷涵、正偉、達瑞、刀刀、令葳、People、家華和叔慧姊，以及被我工作上各種任性影響到的各位。

↓目次頁

〔一校稿〕世界更不可信了

↓目次頁

［二校稿］**我好清純**

目次頁

[四校稿] 日子也是

目次頁

篇名頁

[一校稿]

世界更不可信了

~~編輯生癌~~

編輯生涯

「他先槍殺自己
然後跳樓
從二樓頭朝外摔落
跌斷雙腿

眼前的靜止畫
彷彿有著雜訊
七歲時被豹咬死的母親
去年給了她創業金」註

想誤讀整個世界
換一部永動機
來讓人相信
自己有很多愛

用不完的對他的愛

但愛的燃料是
火力不足的年紀
缺乏燃料的自嘲
終究只是貓掌或奶油的迷因

「她來到海上
開往昨日的慢船
迷航至未來
未來的她約三十歲
出道了三十年
由死去數月的牠
讓自己受孕

而遠方的荷蘭艦隊打起旗語
F·I·R·E
林布蘭的靜物
花語是愛情」

將誠意全數追蹤修訂
加註進久久才寄出的短信
刪除前的惡意
則寫進社群

對世界的誤解是公開的
理解是限時動態
每次的懊悔則停在
迷因裡無法選擇刪除或只限本人的你

「一千年後我們都會記得
現世的藝人
因為經典總是最美
管他新秀是誰

當時活屍品味超群
顛覆他所學的社會主義
那女的沒有近視
滋味一定不錯」

據說屬於印刷師傅的重機
是廠外沒動過的雕像
你總懷疑昂貴的是重機
或是師傅水星順行的檔期

曾加入的讀書會
早已失去聯繫
仍還記得退出前
彷如加班的一則迷因

「我太愛那本書
讓我廢寢忘食
睡醒吃完早餐之後
閱讀還要繼續」

註：引號內為稿件仿作。

休日之後
世界更不可信了

刻不上誡語的
都描在爐石背面[註]

假想的戰爭在虛擬遠方
沒有誰真的離開哪裡
真實對鏡只見血脈
仍未反映過什麼

搓動爐石
假想家園正在虛構

休日之後，世界也虛構了

註：爐石為遊戲《魔獸世界》中的道具，使用後會回到事前記錄的旅店。

改版上市

與我同名的那人

與我同名的那人我不認識
他是個老師，綽號叫做玩具
愛他的人應該很多

與我同名的那人我不認識
偶然發現他曾是吉他手
他長得像我弟，我像來自其他星球

與我同名的那人我不認識
偶然發現他拿起相機
貓與道路，旅行與青春
以及毫無陰霾的笑容

與我同名的那人我不認識

或許他不寫詩
但那是更好版本的我

痔點

字典

〈踩〉

你應該練習快樂
努力為了
我們、我們、我們
兼有的缺陷
上路

〈父〉

爬上你後我們對坐
過去的天頂是
現在的眉眼

〈家〉

那些餓得連黑暗都吞下的人
牽手圍圈禱念
以心豢養的標章
在食安風暴時崩解了

〈水〉

希望順流
卻被攪進過多鹽
湮滯的顏色
是鐵紅的

〈毒〉

自由是最可怕的毒
沾上了，再難以逃脫
所有讓人耽溺的、激情的事物
都只是替代品

鄉民

文青

我們都該記起自己初音
待啼那刻
天空是霸王色的

我們都該記起世界
被一盞燈縮小
直到群島的約定
再度來臨

剩下的果實在鄉間甜熟
我們都忘卻了名字
火雞在路上奔跑
斬魄的過去剩下小小的情調

被忘卻的是夢境外的汗水
流淌在石礫之間
他們頭上沒有氣泡
手裡沒有雙刀
或許我們覺得他們有搖滾樂
與咖啡店

我們都該記起世界
不只是我和我
的標籤

卡通手槍

當個創世神

敲擊鍵盤的神祇們
不厭其煩的描述
事物該在的位置：

人在自己的左邊
山在建物的下面
土石則帶走不想面對的

有時他們不夠精準
當昨天的名字混進今天
明日的冀望收割在先
未來等待更多屬於未來的詞彙

他們的世界不容更動

所有的缺陷必是有意義的
所有的改變都是神意

所幸普遍的規則還有一些
如哭泣耳語在牆的兩面
網球肘發生在結訓假之間

芒果乾・芒果乾

芒果乾的路上

在押韻的路上
他殺了許多羊

押韻的我們都在
前往 Free Style 的路上
咬一口張狂的芒果乾
召喚出「鐵壁」史可法

他說：「可法！可法！
我們一起阻擋
城陷了我們還有鎮
鎮落了我們還有門
重點是
要比孤高

我可是不會輸的喲！」

前往地獄的路是想像中的羅馬
整個帝國
被化約成頹圮的競技場
想像的預算則都鋪在
每條打通的道上

在單押或雙押的路上
沒有嗆聲
只有可以上街
但無法到達的廣場

廣場前有人轉身

在善意鋪成的道上
為了他們的押韻
我們都是羊

雪碧

七喜註

那不是一部（虛構的）愛情電影

他們奔往不同方向
哪裡有跑道
哪裡就是夕陽

他們說「七喜」
不是「Cheese」也不是
劇本中的殉情
在禮貌握手後他們
公開地只是朋友而非
誰在上誰又在
等待翻上

他們都知道
催情的是安排好的鴿子
該撐傘以抵擋
排泄物混雜的酸雨

他們說著「七喜」

（其實不會）年老的插畫人物
仍有生命
只不屬於虛構的
（該死的）愛情電影

註：七喜插畫人物 Fido Dido 曾為九〇年代年輕不羈的象徵，後被淡忘。

渴夢

可夢

那人邊走邊讀
黛玉與小倩之間
僅差一條馬路
他既是寶玉，也是采臣
愛則是可夢的

那人邊走邊吃
冰淇淋讓她的夏日
從臺北來到羅馬
她既是貴族，也是乘客
自由則是可夢的

每張破損的捕夢網
都有名字

她們都是認真的
你可以

在公園、在街上
問問艾瑪
問問安娜

有耳無嘴

囝仔人

囝仔人有耳
但沒有牆
無嘴，卻不是貓

囝仔人是團棉花
軟軟的，承受所有大人的惡意
如果有顏色
一定是被染色了

在必須慎重的場合裡
囝仔人無聲地
被制止

在舒適的殺戮場合裡

則大聲疾呼
可愛只是假議題

反正是囝仔人
就算大人不是親生的
也沒關係

總說人不能選擇父母
但囝仔人可以
畢竟不懂事
沒有什麼是不可以的

小粉紅

雨是這樣（2019）

在中國，是傾盆地下
像是排遺
持盆者不知是誰
撒出粉紅的水
那是夢幻

跨過海，倒水的是天公
諸人仰望著他
帶來希望或公義
脖子壞了的人
恰對上持盆者的雙眼

再往遠去
會降下貓和狗

與愛他們的動保團體
偶有持棍的奶奶
食人妖，或是鐵撬
他們共享不同版本的洪水
描述自己的神話

也有青蛙、蛇或蜥蜴
像人淋上他們的皮
或是刀斧
提醒你當心

諸多雨的形容
都帶著重量
彷彿穿透肌膚，打進心臟

有些是髒東西
如牛糞、便溺的牛
廣東話則是狗屎

髒汙是為了迫人躲避
遠離街道
當髒汙被面對了
雨的語境便與時俱進

像是香港
掉下的都是孩子
與他們的雙親

機身

乩身

那是他的咒語
他的祈禱
是他召喚來的

那是他的請求
降駕在別人身上
被轉譯了

神是
別人發生的事
在某個時刻
失去肉身
成為了公共財

神是公認溫暖的

即使穿刺他時
神的武器
也是溫暖的
即使在別人體內
話語被吞嚥、反芻
他彷若也胎動

他反覆回想
發生在神身上的事
想像穿刺

他想像自己催吐的架式

自己譯文的版本
想像孕有神

他只是無法想像
他竟不是第一人稱

無繩論

無神論

二元性出現，祂便消失

命名便是
將靈魂封印為字
然後佚去

那些
渴望被相信的歸於傳說
被傳頌的都洗去了
任意翻閱的紙頁
毫無能量

祂前往更多信任的地方
直到不信

被宣判死亡

那些
閃耀的核心是冷的
不只為了對比
因為亮是盾
暗是肉體
溫度則為矛

賢人證明
祂消失，終歸安定

演算法

神

神　你在哪裡？註
明日雨晴
穿藍色衣服出門

如果大吉，
適合革命、失落
想幾行字
在紅燈沾沾自喜
神　就這麼下去好嗎？

交給昨日的供品
都燒了
「如果我哭喊」
來的是祢嗎？

篇名頁

[二校稿]

我好清純

那個時候

這個世界

我好清純

所有古典的植物都
負擔了太多使命
運庸俗的眉角

採花嗎這位少女
成為標籤後
有人關注你的笑靨嗎
或者只有被誤解健康的體液
少女子油

不再需要膠的年代
所見即所黏

即所名
即所裝飾

愛／想／舊／念／美／善／真……

我好臃腫
少女在花田喃喃的說
藤蔓圍繞他的身軀
則是色情

Silicone

錯誤

窺見世界的裂縫
以為有光

視覺在暗流中退化
預言一直來
一直失準再來

不願面對的黑暗
無以名狀
卻摸得到存在
恐懼在其中緩慢流動
那是膠質

多年之後你知道

光是無法感知的
填補你的是
你害怕卻常伴的東西

世界恆有縫
你需要的是 Silicone

理解

善導

追求初搾
卻深諳百味
生前契約
約定身後事
我們是這樣理解世界的

他爬上屋頂
天橋
欲窮千里
站在海平面揮手的那些
有些人看得見
有些人仍然嬉戲

◇

消費複雜
卻崇尚簡約
喜愛刺激
但呼籲安靜
我們是這麼理解世界的

他走進地底
匿名的幽靈列隊
需要血
投幣點播或熄滅聲音
幽靈背後是鬼差
血仍是貨幣

◇

拒絕方向
但必須移動
悼念死者
卻歌頌傷口
我們是這樣理解世界的

我們是這樣理解
並一天天寄望
寄望有誰
並寄望他不是誰
即使在深夜
盡頭仍得光明

否則就辜負了雙眼
我們是這樣理解善的

人生如腸

香腸

他躺在地面上
雲層外是一些揣測的據說

或許應該談論他
如十分前他還躺在鐵網上由於太痛才彈跳出來卻
太遲仍然烙了滿背黑
這稍後將成為他的標記
（且讓我們以傷感的口吻傳遞那些經驗）

這不能改變他躺在地面的事實
（砂石深深鑲進他的皮膚以致長出了疣而疣
仍然使他將來得以在一次次的演講裡製造些許童子軍式的驚嘆）
事實是他半蜷曲的身體另一面通紅
他只有皮沒有手且周圍無水可救

（香腸認為有水的話會好些至少他的油脂或許得以承載這輩子被
不斷灌輸和擠壓的悲哀，當然自由生長一直是他未竟的夢）

他透過皮膜僅剩的視力看著雲越積越厚
下雨是唯一的希望後來證明的確如此
雖然他曾想著誰來撈他一把
但雲散後希微的星光其實只會眨眼
或期待雨大些且不是星星或月亮的唾沫
（多年以後他總在這一段笑彎了腰不知為何，觀眾只好解釋為其
善於自嘲如同他說自己再肥下去就成了火腿這樣）

其實回到原點他還是躺著
砂石仍然刺痛而草根和螞蟻不斷搔癢搬運他的各個部分
他想夠了停止但這些只能是內心戲

如顏色過深的雲不斷在他眼前堆積後流逝
也如身上的油在竹籤戳洞後流逝
他認為若自已有血統或許人生不會這麼顛簸

終於滴入傷口的不會是雨水而是啤酒
總之十分鐘後他將隨著流入河中
一切都像是夢而他是香腸躺在地上
有著香腸不該有的幻想以及
或許存在紀念性的哀傷

麗水街

堡

宴會後
節點自午夜拆解
巷弄進入膠卷

新聞畫面
「據報導，記憶陳屍於巷弄
時間的不在場
證明流言流佚的節點
僅供最後一點傳遞
傳佚時間」

午夜被膠卷拆解
宴會走出巷弄
散佚的節點在時間之後

僅剩流言

流言
「經調查，陳屍的記憶
曾有共同載體
他們散佚於某場
午夜宴會
目前首要的方向
（是安慰劑）
是調查節點的去處
及其承載的內容」

流言散佚自節點
當巷弄消失、

時間被拆解
訃聞便隨膠卷傳遞

訃聞
「他曾是主角
拆解後永存於膠卷
時間是腳步
記憶則為足印
巷弄消失後
散佚的節點將持續承載
宴會的碎片」

便斗

老花仔

老花仔的便斗
寫著別人的名字
他罵都罵了
也只能待在便斗上豔麗

老花仔的盆器缺乏介質
他栽在咖啡渣上悶氣
時不時望著磁磚上的照片
空景裡有嬌嫩的過去
他曾帶著撲鼻香氣
在望不完的草原舒展身軀
但被時間的斷片割下
在便斗之上
擔心與渣滓同腐為屍體

老花仔以為時間斷裂時
也將他斷成無機
他從此可以無限張狂
並永遠艷麗

他不知道的是
記憶中的花露水香氣
和腳下的咖啡味道
都不屬於他
他以為他是被塑膠的
其實他就是塑膠

婚喪

屋裡的死者註

我聽到枴杖在樓梯的踏級上顫抖，
設法拄穩枴杖的身體，歎息著，
開門，死者走進。——Octavio Paz

他或許搭了火車，
經過幾個隧道、
停在不知名的小站。

隧道無光
種植房屋與庭院，
臥鋪吐息濕泥、
嫩芽在被褥滋長。

種種初夜便約定的
漸朝向旅程，
與其命名為愛
或說讓命運指腹為婚的
邂逅，
經過多少平交道；
多少帶人上車、
多少有人跳下車廂、
有人等待停駛。

終究是自己居住的小站，
訪客走下
滴水的隧道，
按鈴敲門。

死亡成為家人；
生命嫁了出去。

註：「屋裡的死者」一詞來自Octavio Paz《中斷的輓歌》（陳黎・張芬齡 譯）。

我的手鈍了
即使無禾可收
仍有更大的明天等著
像我們割過的草，電視裡
母親要把誰生回來
那種堅決

他們曾畏懼嗎
或誤解我們成群即黑
畢竟我們也會飛
也會反抗
面臨更大的明天
刀或前肢都是一樣的

更大的明天
太陽也是一樣的
我們從完整到畸零
至新聞一角
仿若明天的背面
向陽的人只有太陽

烈日之下
我們都知道
汗與時間都是不可逆的

失去的東西
吞掉愛人也生不回來的

來粒方糖

來日方糖

假設需要一名敘事者
假設他是忠實的
假設他能創造性的
執行你的意志
避開不屬於你的名字

假設他有純然的
純然的愛
卻又不至於太愛
懂得什麼是美
什麼不該美

假設他能編織信念
符合品味的小小駁辯

如跳跳糖破格
但不錯格
他的忠實達成真實
且不違背忠實

假設他是鏡子
你看得見過去的你
就如未來的你

你會認為那是你

大頭貼

而且沒有人愛你

你的人生寫照是部
被遺忘的大頭貼機器
所有投你幣的人
都後悔青春期的揮霍

你羨慕其他機器
雖然他們也一事無成
遊客坐在螢幕前
低頭滑看貼文

關於遊客手上
比你小得多的東西
你的理解一塌糊塗

直到你被接上網路線
重新開機那天
才發現那些小輩甚至
不需要線
就能彼此連結

你過於誇飾的聲音重複著
「我可以拍攝、修改、上傳照片」
你知道徒勞
也知道拍照、分享
從來不曾改變
所以你知道人生不在於做了甚麼
在於是誰

也知道了諷刺
而且沒有人愛你

篇名頁

[三校稿]

許多地方進不去了

變成豬

人生提案

「好好活著
成為親切的人
然後去死」

世界的友善建立在
世界的容忍度
惡意則是隨機的

像是我們打開隨機的門
遇上一位隨機的智者
隨機的被說服
然後變成豬

◇

智者說：
好好活著
昨天熄滅了今日的夕陽
眼前會燃起遠方的頹喪

智者有許多智慧
但沒有答案
因為追求答案是不智的

智者說：
我們要的其實不是答案
而是真實
但我們準備好了嗎

◇

我們看到
智者與智者的激戰
如城市裡的巨大怪獸
互相砲擊
我們偶爾隨機的被踩到了

有時戰勝的智者
退回海裡
有時坐下和我們一同野餐
我們隨機聞到他的氣味

智者說：

好好活著
成為親切的人

◇

智者沒有答案
但有真實
隨機的許多真實

智者說：
真實是百衣的嫁娘
我們只配愛她的外裳

青春那麼簡單

青春沒有那麼簡單

行動之前，他是中年

時間的魔法是這樣
青春與年老都有價值
唯有中年會是危機

行動之前，他處於危機
停滯使人中年
動起來，才活得回去

時間的魔法是這樣
只要一直動、一直好動
就會成為嬰兒
然而只能動，不能說

只要你哭喊，就會瞬間老去

時間的魔法是這樣

他們說生命像尺
後來我才知道
那是把捲尺

舊愛

切勿

切勿指引方向
沒有正確的門牌
或者信箱

切勿抬頭，切勿望向
太亮的窗外
切勿起身
那人只是受白日誤導
以為在熟悉的街巷

容器

親

為親之前，他先成了容器
生是排遺，把不再屬於自己的
擠出、塑形

那些髒惡、粗鄙卻喜悅的
不能再擁有的自己
是將過去從泥中
捏塑、淘洗
期盼成珠卻終散佚

生是排遺，活是淨化自己
產則是藉痛處踩上
值得的位置

為了排遺
唯有高壓、用力
才能洗滌自己
才能忽視髒汙、那些記憶
將成為下個容器，直到成親
成為受指定的容器
再次排遺

成為容器之前，生而為遺
他必須相信
他與他的排遺
必須是容器

他只能作為容器

我們聊聊

對話

我想與你談談恐懼
或許不是適當的時機
但我也
沒有其他機會了

或許有人在意的是
因果或宿命
我不懂那些形而上的東西

相信你也同意
如果有什麼
更為正義的存在
那也會是形而上的問題
我們需要的只是決定

需求

只有雨天需要商店

只有雨天需要商店
只有季節愛與神祕
他們意見紛歧的會議
過於潮濕缺乏光線

那麼可以聊聊沮喪
那是一種氣候
擅長爬行
並且以他們為主詞
做許多未雨綢繆的練習

只有雨天需要商品
每種商品擁有情緒
曾有過幾個冬天

趁天色尚黑上架陳列

夏日則有雨林
標榜單純性愛情
樹皮使人不需裸體
抗爭汁液戰爭血液
日光晦暗並非凶兆
熱賣的是附魔的凶兆

只有雨天需要顧客
只有空間依賴隔絕
購物是豢養的行為
豢養是去階級的行為
去階級則是催眠的行為

只有雨天需要購物
水星逆行那個月
我們消費成母性
生育諸多商品
在狠心遺棄前幸而多看一眼

只有雨天是道德的
因為富有是進行式
貧窮與放晴是完成式
貧窮還消費則是敗德的

只有雨天是允許快樂的
下一場雨之前
我們都是缺愛的

1
他曾是很好的人
沒有後來

2
善良是消費
「如果當時……」是貸款
信用額度則是
他對你的愛

3
理解的匯率
比容忍高

4

他變了

因為若不變

你會厭倦

5

時間是透明的

過時才看得見

因為眼光總是復古的

6

新的悔恨是酸的

越舊的則越陳

悔透恨透了

就是醇酒

7

如果如果成真
不變成真
你或許不復為人

8

又或許你就是他了

耶

耶耶耶耶

想問天問大地[註]
偶而順便問問宿命
是否越夜越暖
回憶越趨向標的

夜用的回憶如鱗
趨光的我們背離旅程
黑暗的引力在後
你也不必牽強抵抗

回憶慢慢剝落
慢慢的剝落
往所有不屬於自身的地方
我們因此赤裸

註：〈夜夜夜夜〉歌詞，詞曲：熊天平。

三十之後
被日子醃著
曾經成形的
漸漸萎縮
曾新鮮的肉
多已變餿

你得攝取各種酸
各種冰冷
讓自己腐壞得慢一些

三十之後
許多地方進不去了
許多牆隔離著你

許多時候
你也是座監牢

窗外是三十之前
伸出手
越過欄杆的部分
剩下骨頭
你不確定窗內的是否
是想像的血肉

三十之後
聽說四十成為蜜餞
五十就能下酒
但你不確定

是蜜餞
或是命賤

或許
等到四十就知道了
像是三十
醃著醃著
也就接受了

不插電

關

關上開關
只剩暗流在插座內
呼吸
世界成為隱喻

世界成為隱喻
長久直流的裝置
耗盡身上的電
等待交流
為了發熱、發出聲響
他願意持續
正負來回

持續正負來回

他體內纖弱的理智
即將斷裂
在最燦爛的時刻
期待自己乍然熄滅

乍然熄滅之前
遠方的什麼也斷了
因為除了他
還有更多人在呼吸著

遠方的什麼斷了
世界重歸隱喻
只剩微弱的暗流
在誰體內啜泣

篇名頁

[四校稿]

日子也是

寡居

公寓

樓上的愛下樓了
購買消夜或日用品
立即回來的腳印
穿著新鞋

隔壁總有許多聲音
關於失望
憤怒和眼淚
孩子只剩對陌生人
微笑的機能

這些對於寡居
都是美的

樓下搬進了傷口
他將終老於此

再也無法

三月

三月再也無法
去哪

煙硝與落塵
每日面對光的我們
了解那是虛假的

三月都折進即將燃燒的花裡

光總是在的
日子也是

逝去的事物都在光裡了
呼喚者也已遠離

前往淡水的路上
海是你的背面
在正面越來越少
的時候，背對
是比較安全的方式

連日的雨停了
想必下進你之中
海稍微有些顏色吧
你應該比我們早知道

雨停前回了趟頭城
海還是灰的
灰與黑白的距離

約略也是我們間的距離

即使家住頭城
仍沒辦法比零雨說得好
也許唱首歌吧
歌比「是淚」適合放進海裡

而我想唱的也只是
僅記得的第一句

「再會，
謝謝你給的那些魚。」

Erykah Badu

八堵的艾莉卡[註]

她只是暫時停留
帶著背包
前進再前進
月露橙色流下一夜蜜
該有多好

她只是暫時停留
帶著背包
前進再前進
世界盡頭轉運了時間
該有多好

昨天結束今日在他處
她在窗邊的座位

唱起她是一輪橙月

回到那天時間再前進
她在窗邊的座位
唱起她有碧綠的眼

她只是暫時停留
帶著背包
前進再前進
世界繼續轉運時間
該有多好

註：音樂人 Erykah Badu 與八堵車站英譯同名。

角度花樣和顏色

暮夏

這是一家咖啡館
這是一個街角
是咖啡館的櫃檯擺著幾個罐子
是罐子裡填充一疊餅
拿著餅的手屬於守著此地的女人

女人忘了從前
街角走過哪些車輛
人
以及名為各式各樣的種種
她的額角泛紅
眼梢是寂寞的鉤
衣服花紋迷失在洋流
退潮的季候

這是打烊之前
入夜以後
燈火等待逃脫冷媒的風
道路閃著玻璃光亮
熨滾的輪胎正多
聲音傳不進咖啡館
女人耳裡陌生著咆勃
這是可替代性某個星期六
角度花樣和顏色
或某個星期六之前
角度花樣和顏色

這是一個女人
咖啡館紅磚的門

小雞

你的頭貼

你的頭貼置雲
罩霧，若有光穿過
該是美的

你的姿態成瓣
語言伸展
你曾有多種顏色
也偶爾顯黑

你的頭貼看向哪邊
又不像哪邊
你總說：「如果有些事是重要的。」

窗外有雨

股間的寓言

最後妳成為康樂股長[註]

最後妳的股間
是一則寓言
存活的人們在預言後
引爆煙火

最後妳的體魄軍人般健美
闖進民宅的小紅帽們都有了孩子
殺盡的愛被自己生出來

最後妳成為康樂股長
妳的股間是健康的
所有夜用加長的回憶
都可以躲藏

最後妳是快樂的
快樂的引爆
所有不正當的預言
康樂股長

註：接續蔡琳森於PTT詩版〈給髒島。〉（已刪文）中髒髒的句子（詩題非原句）。

輕輕壓過

阿過

他因為興趣
在印刷廠工作
喜歡未完成的東西
討厭出貨

女兒婚後他百般失落
了結曾是個選項
卻也屬於出貨

被退回來的女兒
帶著未完成的肚子
阿過不知該欣慰
或是難過

直到女兒平安出貨
阿過看著外孫
眉眼像張傳統印樣

被他和女兒
輕輕壓過
輕輕壓過

風化

晚春

晚春那半盲的老人
不見昔日少女
走到了他看不見的地方

磁帶久霉
他帶磁的聲調風化
他期待復古
卻不知老靈魂僅能裝載
新的容器

老人不會明白
他的沃土
使人掙扎著破土
他的長河

淹沒了他寄望的唱和
他手封的信
投寄給從不存在的回音

老人還回味著
第一聲雷

窗外連綿有雨
初夏將至
他心念多年的幻影
終究長成了自己的背影

你不在那兒

深坑

深坑的畫像
是廚深坑的人們
逐臭的網紅與 YouTuber
不在深坑的夢裡
深坑的夢是濛濛的
曾有過戲院但被移除了
你的老街曾經
渴望不會再來的人

你的鄉愁是深坑的小店
首先假設他們是小店
你的夢是哀愁的
因為哀愁是文學的姿態
如小店是孤獨的姿態

你的夢也是孤獨的
即使夢醒
待入夢的人排隊在遙遠的左岸
夢外的人在氣味濃厚的右岸
夢中鋪著石板的小鎮
不適合歸人
故鄉在更遙遠的地方

過客的聲音你聽不見
因為夢沒有聲音
深坑的夢是鬱暗的
無聲的電影
偏黃的那些擁擠的過去
與慘綠的現在

投影到數千里之外

你或想成為一道光
或一道菜
遙遠寄念過來
你的原鄉或比他們近
新鄉卻比他們香
但懷舊的部分是不變的

你的鄉愁是小店的那人
曾寄望在川流中
成為一顆不變的石
你的深坑的畫像是他
在夏季的人流中

你也投影成待漱的石
但你不在那兒
你在左岸
也在右岸

遺族

週日日光如果溫馴

週日日光如果溫馴我們可以看海
雖然有太多屍體在岸上
圍觀，吐沙的海平線
或者太多菊花與蝴蝶、向日葵或蕉
沙礫爬上馬鞍藤的脊樑

週日日光如果溫馴我們可以看海
看露兜樹的拼圖果實
像我們
一顆顆被拔掉甩遠
看風箏，看線的存在與否
決定的其實是風
潮水在旁觀開始就哭了

週六星火如果稀微我們可以看海
紗紡的節奏在撕裂火光
我們堆積太飛揚的車桑子
並警告他不是蒲公英
雖然他的囊
比孢子大些

週六星火如果稀微我們可以看海

我們焚燒後的灰
將與洋流一同埋葬

好人

業界

1

總想著要求
多放一點線頭
好讓人懂
但有些人是線球

一直放
就會空了

2

身體是籌碼
意志不是
友善可當作計算機

當友善失去身體
計算就會落空
就像寫作之外
加上寫作

3

以為世界有天花板
但世界是圓的
你在彈珠內
之外是失真的投影
或你認為失真的
每一張臉

4

輕易相信是宗教
輕易懷疑過於冷血

輕易的承諾
輕易毀諾
則是成熟的表現

5

他們都是好人

後記：我只是個尛

後記：我只是個小ＰＭ

以各種形式在出版業混了十年，看著暮色漸沉而眾人又期待新月昇起，要說懂產業也是一知半解，心態反而比較接近「原來社會與上班族就是這麼一回事」。

喜歡書並沒有什麼特別的，只是像喜歡打電動一樣的心情，加上寫作與對印刷品著迷，就沒什麼疑惑探索或懸念的往這方向前進了。但真的進到所謂業界又經過一番轉折：原來想進出版社還得有人鑿孔引光，或自證才華洋溢，才得窺這古老殿堂。

數年來認識了些前輩或同行，「編輯做什麼」似乎也一度成為廣義同溫層的社群話題，要說對自我產業的認同度——或說 M 度——我想出版人或許可算是這時代僅存在排名上能名列前茅的項目了：身邊友人總說別害人進來、別誤人一生，轉頭又熱情十足的愛著自己手上的新稿新書，恨不得一呼百諾讓所有人也感染閱讀病，最終消費大宗卻是自己產業的同行們，連互詢公關書都覺得害人虧本有損陰德。但當身邊人問起自己的工作，又硬是打起精神，說著「編輯要做的事很雜，什麼都得會，難以一言論定」云云。其實潛意識裡只想表達自己的職業有著高尚使命吧。

但當認識的人越來越多，產業別也越來越廣之後，我便發現其實每個行業都有其可稱作神聖使命之處，每個行業的從業人員對自己的專業都有一樣的驕傲，只是他們有時語拙、有時害羞，便都不說。而工作上遇到與自己認知的創作者從業者該有的心胸態度有所出入時，也不免懷疑是否我把大家都想得太高太好，又或者每個人都有他正確與無法正確的地方、都有他之於這世界而言就是會卡住的點。

每個人都有他的罩門。

這本詩集大致就是想說說自己看到的這些人的樣貌，也收了些古早寫就、發現可以以現在對世界的理解再重整的作品。有些是講單人的複雜、也有些是講複雜人群中的共通點。還有一些給特定的人的，重新整理以理解對方或重新詮釋對方的。也希望即使多有得罪，那也是描寫一個可能的人的回音，而非撻伐。

我很喜歡玩了多年的遊戲《魔獸世界》中的兩個概念：一個是「爐石」——旅店火爐中取出的石頭，能幫助你回到該旅店，彷彿爐火中燃燒的是自己留下的什麼。另一則

版權頁

編輯

言寺 75

作　　者　王　離
總 編 輯　陳夏民
責任編輯　達　瑞
封面設計　海流設計 Flowing Design
內文版面　adj. 形容詞

出　　版　逗點文創結社
地　　址　330 桃園市中央街 11 巷 4-1 號
信　　箱　commabooks@gmail.com
電　　話　03-335-9366
傳　　真　03-335-9303

總 經 銷　知己圖書股份有限公司
臺北公司　臺北市 106 大安區辛亥路一段 30 號 9 樓
電　　話　02-2367-2044
傳　　真　02-2363-5741
臺中公司　臺中市 407 工業區 30 路 1 號
電　　話　04-2359-5819
傳　　真　04-2359-5493

製　　版　軒承彩色印刷製版股份有限公司
印　　刷　通南彩色印刷有限公司
裝　　訂　智盛裝訂股份有限公司

I S B N　978-986-99661-4-6
定　　價　350 元

初版一刷　2021 年 1 月

國家圖書館出版品預行編目（CIP）資料 ｜編輯／王離 作 .── 初版 .
── 桃園市：逗點文創結社 2021.1　208 面；12.8×19 公分（言寺；75）
ISBN 978-986-99661-4-6（平裝） 863.51　　109018254

☒☒ 著

編輯 王離

書名頁